KEN GIRE

ALBERT SCHWEITZER

BERUFUNG ZUM LEBEN

Aus dem amerikanischen Englisch
von Doris C. Leisering

SCM Hänssler

SCM

Stiftung Christliche Medien

SCM Hänssler im SCM-Verlag GmbH & Co. KG · 71088 Holzgerlingen
Internet: www.scm-haenssler.de · E-Mail: info@scm-haenssler.de

Originally published in English under the title: *Answering the Call. The Doctor who made Africa his life. The remarkable story of Albert Schweitzer*

Übersetzung: Doris C. Leisering
Umschlaggestaltung:
Titelbilder: Porträt (© bpk / Ph.Martin); Landschaft (shutterstock.com)
Satz: Satz & Medien Wieser, Stolberg
Druck und Bindung: CPI – Ebner & Spiegel, Ulm
Gedruckt in Deutschland
ISBN 978-3-7751-5453-6
Bestell-Nr. 395.453

Der weiße Archipel

Die Originalausgabe erschien 1995 unter dem Titel
»Fort-Cigogne« bei Le temps qu'il fait, Cognac

Druck: CPI Moravia Books, Pohorelice
ISBN 978-3-99027-021-9

JEAN-PIERRE ABRAHAM

Der weiße Archipel

Aus dem Französischen von
Ingeborg Waldinger

JUNG
UND
JUNG

Zur Erinnerung an F. de Kerimel

Ich habe die Kasematte, die ich wollte. Man hat mir geholfen, ein Bett herzuschaffen und den großen Tisch mit der fettigen Platte, die ich mit Papier abgerieben habe, doch sie klebt immer noch. Man wird auch einmal durchfegen müssen, der weiße Anstrich des Gewölbes blättert ab; desgleichen sollte man den Kamin reinigen und ein wenig Ordnung in die Ablagen bringen, wo sich in buntem Durcheinander Ersatzteile für Gaslampen stapeln.

Im hinteren Teil des Raums führt eine kleine Tür zu einem schäbigen Reduit; es ist durch eine westseitige Oberlichte dürftig erhellt, durch eine Matratze, drei durchgesessene Fauteuils und leere Flaschen verstellt und sein Boden mit Zigarettenstummeln übersät; ein alter Klüver aus blau-rosa Nylon hängt im Gewölbe. Um dorthin zu gelangen, muss man hier durch.

Lass es gut sein, schreib mal schön! Das Schlimmste ist doch ausgestanden: denen vom Festland gegenüberzutreten. Und das in der steten Sorge, sie nicht wieder zu erkennen, ob ihrer Vornamen zu zögern. So ist mir entfallen, wie der Verschwiegenste der Zimmerleute hieß, jener, den ich am liebsten mochte; nach seinem Namen suche ich noch.

Das Schiff ist wie eh und je die *Archipel*, nur

etwas modernisiert; ihr Lademast ist nun mit einem elektrischen Kabelaufzug ausgerüstet. Etienne war an Bord, fuhr auf Kontrolltour zu den Inseln. Lieber wäre ich von Unbekannten umgeben gewesen, doch dafür gibt es nun einmal keine Gewähr. Er stellte mich der Mannschaft mit einem kleinen Scherz vor, das war auch praktischer so, was hätte ich schon sagen sollen? Während der Überfahrt – die See war spiegelglatt, die Sonne strahlte – wechselten wir von Zeit zu Zeit ein paar Worte. Einmal sagte ich: „Entschuldige, aber wie war doch gleich der hübsche Name, den wir damals deiner Frau gegeben haben, ich erinnere mich einfach nicht mehr daran." Er hat ihn beinahe herausgeschrien, wirkte gereizt. Sie war zart und lebhaft, ich glaube, sie hatte mich gemocht.

Wir sind über Penfret gefahren, um Proviantkisten abzuladen, drüben an den Pontons der kleinen Bucht beim Semaphor. Fernab am Strand bewegten sich ein paar Gestalten, ohne jede Hast. „Ist dir denn nichts aufgefallen?", fragte mich Etienne und wies auf die kleine Anhöhe. Die Fensterflügel der Signalstation sind jetzt blau gestrichen! „Aber nein, das meine ich nicht. Sieh doch genau hin: Man hat den Signalmast gefällt. Er war verwittert, wurde zu gefährlich. Mit einem Schlag haben wir ein ganzes Bündel Richtbaken verloren." Wie auch das Getöse, das sich winters am Masten entlud und bei Sturm so durchdringend wurde, dass die

Wache davon widerhallte. Ich dachte vielmehr an die Wäsche, die im Wind heiter zwischen den Haltetauen tanzte.

Ein Boot zu bekommen, wird schwierig sein. Die zwei großen blauen Prahme, die am Fuße des Forts ankern, müssen dort für Rettungseinsätze und zum Verladen von Gütern bereitliegen. Letztlich durfte ich mir einen der Lastkähne doch noch für eine Stunde leihen. Ich schlüpfte in die Shorts und das gelbe Hemd, setzte den kleinen weißen Hut auf, alles heute morgen am Markt gekauft, und nahm sogleich Kurs nach Südwest, auf die mir unbekannte Insel Quignenec, wohl wissend, dass die Zeit für die Überfahrt nicht reichen würde. Die Brise kam aus Nord, war lau. Endlich wieder am Heckruder: Das pure Vergnügen! Ich habe den Oberkörper freigemacht, will etwas Farbe bekommen. Immerhin habe ich eines der beiden Eilande erreicht, die Drennec nach Osten hin verlängern; das Kalb oder das Grab, ich weiß es nicht mehr, das sind keine Namen, die man in Karten einträgt. Die Spitze der kleinen Insel war mit Vögeln übersät, welche, reglos im Gras verharrend, mein Kommen beobachteten.

Auf der Rückfahrt gegen den Wind dann wie gewohnt ein leichtes Brennen am rechten Daumenansatz: an meiner Art zu wriggen muss etwas falsch sein. Auf das vorschriftsmäßige Anlegen einer Rettungsweste hatte ich völlig vergessen; plötzlich wurde ich dessen gewahr. Auf der Rampe beim Fort standen zwei Gendarmen. Sie kamen aus Saint-Nicolas und waren in Begleitung eines kleinen redseligen Mannes, der Etienne eben klarmachte, dass er den beiden die Sehenswürdigkeit des Forts zeigen wollte: „Die Gezeitentoiletten“, sagte er lachend. Ich folgte ihnen in einigem Abstand bis zu dem eleganten Ecktürmchen im Südosten, das an der Grundlinie von drei gewölbten Öffnungen durchbrochen ist, in welchen man von weitem rosa Papier flattern sah. „Das funktioniert tadellos, seit mehr als zwei Jahrhunderten, sagte der kleine Mann. Natürlich nicht in diesem Moment, die Flut reicht nicht so weit herauf, die Tiden sind nicht stark genug. Aber sie nehmen zu, und in ein paar Tagen ist hier alles sauber.“ In dem Augenblick habe ich bemerkt, dass einer der beiden Gendarmen eine junge Frau mit ganz kurzem schwarzem Haar war. Sie lächelte, während sie gedankenverloren über den Kolben ihrer Pistole strich. Am Fuße des Türmchens erstreckt sich ein kleiner feinsandiger Strand, der einzige wirkliche Strand der Insel.

Hätte ich einen Außenbordmotor und drei Stunden Zeit vor mir, würde ich meinen Ausflug noch heute Nachmittag machen und morgen Früh wieder abreisen. Am schwersten wird mir der Gang in den Speisesaal fallen. Dieser ist in einer weiteren Kasematte untergebracht.

Der Schatten des westseitigen Zwischenwalls bedeckte langsam den ganzen Hof, und plötzlich sah ich auf seiner Mauerkrone eine Gestalt von rechts nach links marschieren, gleich einem Wachposten auf Patrouille. Ich konnte mir nicht vorstellen, was das war.

Aber soll man wirklich von einem Zwischenwall sprechen? Und kann man den bloß zur Hälfte nivellierten Hof, dessen östlichen Teil ein grasbewachsener Hügel einnimmt, ernsthaft einen Exerzierplatz nennen? Exzessive Worte für ein kleines Fort ohne Geheimnisse, das unvollendet blieb und zu allen Zeiten nutzlos war. Dennoch wüßte ich gerne, wie man die schöne Steinbalustrade bezeichnet, die über dem Eingangstorbogen vorkragt und durch deren Senkscharten vermutlich heißes Pech oder Steine auf den heranstürmenden Feind gekippt werden sollten.

Im Hof ist ein Netz gespannt, und fast alle, Jungen wie Mädchen, sind nach dem Abendessen in der so lärmerfüllten Kasematte herausgekommen, um ein wenig Ball zu spielen; die Stimmen hallen hier so stark, dass ich keines ihrer Worte verstand. Schlachtengeheul in der anbrechenden Nacht, Schreie des Triumphs und der Enttäuschung. Die

Szene spielt sich etwas rechts von meinem Fenster ab, ich bekomme lediglich ihre Schatten auf dem grasigen Hügel zu sehen.

Die steile Treppe zu den Verteidigungswällen befindet sich dicht an meiner Tür, das kommt mir gelegen. Die Brise hat sich gelegt. Die Fahrrinne von Bluiniers im Westen ist zu dieser Stunde eine Pracht.

„Es war knapp vor Sonnenuntergang, als wir auf dem feuerroten Meer diesen hageren Kerl in seiner lächerlichen Aufmachung heranrudern sahen; keiner weiß, woher er kam."

Auf Penfret gibt es jetzt ein zweites kleines Windkraftwerk. Eine neue Richtmarke, um den Verlust des Mastens auszugleichen? Stehen die alten hölzernen Telefonmasten noch? Ich habe nicht daran gedacht, dies zu überprüfen, von hier aus kann man sie nicht sehen. Seinerzeit bildete der Mast des Semaphors mit der vorletzten Telegrafenstange jene Ausrichtungslinie, die uns genau das Hohl zwanzig Meter vor der Spitze von Pen a Men wies, wo man an bestimmten Tagen bei einsetzender Flut ein gutes Dutzend Seehechte fing, und das in zehn Minuten. Toussaint hatte mich auf diese Sichtmarke hingewiesen.

Stille im Hof. Die meisten dürften in die Kneipe

gegangen sein. Im ehemaligen Pulvermagazin gibt es jetzt nämlich einen Ausschank.

Die Fensterscheiben der Semaphorwache funkeln. Zwei blonde Kinder jagen lachend neben einer friedlich über ihre Arbeit gebeugten jungen Frau um den großen Tisch. Sie trällert halblaut vor sich hin, ihr Nacken schimmert golden in den letzten Sonnenstrahlen. Dann kommt jemand herein, und alles hält inne. Der Leuchtturm geht an, seine roten Blinkfeuer werden nun alle fünf Sekunden durch die Glastür der Küche fallen, die ganze Nacht lang.

Auf dem Wasser nicht eine Wellung.

Die Sonne geht um 6 Uhr 15 auf, also kurz nachdem ich aufstehe. Die Seemöwen sind zu diesem Zeitpunkt unausstehlich. Sie kommt weit im Nordosten herauf über dem im Nebel nicht erkennbaren Kontinent. Sie steigt mit großer Schnelligkeit.

Sich Kaffee zu machen war das Gebot der Stunde. Die Küche ist dunkel, der Boden glatt und fettig alles, was man anfasst. Früher war hier das Gefängnis. Und das stockdunkle Lebensmittellager dahinter das Verlies. Die Kochplatten sind riesig, kleine Töpfe nicht vorhanden, ich musste mir anderweitig behelfen. Als ich mit einer heißen Schale in Händen wieder auf dem Wall stand, ging es mir gut.

In der Kasematte empfindliche, vor allem feuchte Kälte. Heute Nacht habe ich mich wieder angekleidet, um schlafen zu können. Soll ein wenig Sommerluft eindringen, muss man die Tür offen lassen.

Der Sommer findet an diesem Dienstag statt.

Als erstes war ein Mädchen auf. Ich habe es in seinem weißen Gewand über den Hof kommen sehen, einen Kübel in der Hand. Die Duschen sind zwar beim Südostturm installiert, doch muss man das Wasser gleich hier unter dem dunklen Gewölbe holen, wo sich die Zisternenpumpe befindet.

Den vollen Eimer in der Armbeuge, leicht seitwärts zu ihrem Schatten geneigt, ist sie wieder fortgegangen.

Im Offiziershaus habe ich den Jahresalmanach gefunden. Er ist etwas bunter als seinerzeit. Referenzhafen: Port-Tudy auf Groix; die auf den Archipel entfallenden Korrekturen sind unerheblich. Niedrigwasser war um 4 Uhr 17 Sonnenzeit, also etwa bei Tagesanbruch. Koeffizient 58, das bedeutet volle Nipptide. Der kleine Mann von gestern hat sich geirrt, die Tide beginnt erst heute Abend wieder zuzulegen. Die Springtiden sind sohin für nächsten Freitag, da werde ich nicht mehr hier sein. Mit einem Koeffizienten von 99 fallen sie im Übrigen schwach aus, es sind die schwächsten des Jahres, gemeinsam mit jenen im Juli. Wie weit wird das Meer steigen?

Etienne ging ohne hereinzublicken an meiner Tür vorbei, möglicherweise wähnte er mich im Freien. Beim Wachposten am Eingang holte ich ihn ein. Gestern Abend hatte ich da ein blaues, zugegeben recht ramponiertes Plastikboot entdeckt, seine Bank war nur mit ein paar Bindfaden am Rumpf befestigt. Damit hinauszufahren wäre gewiss nicht sehr vernünftig.

Dennoch habe ich ihn darauf angesprochen. Er sah mich an, als hätte ich die alten Regeln gänzlich verlernt. „Bist du verrückt? Im Übrigen weiß ich nicht einmal, woher das Boot stammt. Es muss hier auf Grund gelaufen sein, niemand hat darauf Anspruch erhoben. Wenn du willst, kannst du es bei deiner Abreise mitnehmen, ich schenke es dir! Aber was willst du denn mit einem Boot?" Ich habe ihm erklärt, dass ich kurz jenen Abschnitt des Archipels erkunden wollte, den ich kaum kenne (Penfret liegt so weit im Osten); dass ich ferner Quignenec einen Besuch abstatten wollte, jener weit draußen liegenden Insel, die ich noch nie angelaufen hatte, und dass ich auch gedachte, wieder einmal auf die Insel Loch zurückzukehren, um dort in Ruhe spazieren zu gehen. Er lachte auf: „Wenn du deine Ruhe willst, warte lieber bis Montag! Du hast ja keine Ahnung, was sich dort am Wochenende jetzt abspielt. Du wirst schon sehen!" Zwecklos, ihm zu gestehen, dass ich auf Loch einer Sache nachspüren, etwas herausfinden muss, im Augenblick hätte er sich glattweg über mich lustig gemacht. Immerhin meinte er: „Am Montag können wir dir vielleicht einen Prahm leihen. Ich fahre Mittag wieder hinaus, du besprichst das mit Stan."

Stan ist der Junge, der gestern auf der *Archipel* völlig erschöpft in einem Winkel des Decks kauerte. Zunächst hatte ich gedacht, dass ihm vielleicht ein Unglück widerfahren sei oder er eine große

Dummheit begangen habe. Von Zeit zu Zeit hockte sich Etienne zu ihm, redete ganz leise auf ihn ein, Stan hörte angestrengt zu, schüttelte langsam den Kopf. Trotz der Hitze trug er eine dicke, bunte Wollweste. Er ist ein blonder gedrungener Kerl mit hellen, leicht tränenden Augen, vielleicht ein Pole? Er wird während der zwei Sommermonate Chef im Fort sein.

Als wir anlegten, vernahm ich endlich seine Stimme und begriff, dass er einfach stark verkühlt war. Er fasste zwischen den Lebensmittelkisten nach den vier Enden eines Sackleinens, auf dem Betttücher und Kissen gestapelt waren, lud alles über seine Schulter und stapfte keuchend die Rampe hinauf, wobei seine nachlässig zugeschnallten Sandalen auf den Steinen klapperten.

Alles in allem stört es mich nicht, meine Tür offen zu lassen. Im Vorbeigehen erkennt man drinnen nichts, so dunkel ist es da, ich habe dies überprüft. Sich abzusondern wäre zudem unangebracht.

Die Sonne beginnt nun hereinzuscheinen. Von rechts wandert ein Schatten vorbei, drei Sekunden später sehe ich durch das Fenster, wer das ist. Vor zweihundert Jahren wird das wohl ähnlich gewesen sein, dieselbe Sonne, dasselbe Gekreische der Seemöwen, dieselbe Farblosigkeit des Grases? Auch das strahlend helle Licht eines Klostergangs.

Es war eine gute Idee, im letzten Moment noch den vollends ungebrauchten Skizzenblock mit der Aufschrift „Der Entwurf" in meinen Seesack zu packen; sollte es mir nicht möglich sein, eine Bootstour zu machen, kann ich wenigstens zeichnen. Nicht einmal den Titel der Rembrandt-Zeichnung auf dem Deckblatt hatte ich bisher beachtet: „Der Prophet Elias bei der Witwe von Sarepta". Wer war die Witwe von Sarepta? Sie trägt eine Art modernen Hut, zu ihren Füßen spielt ein Hund mit einem Kind.

Etienne hat gesehen, wie ich an meiner Türschwelle einen Bleistift spitzte. Er unterdrückt seine Verwunderung: „Hast du wenigstens einen Radiergummi dabei?" Auf der Stelle bedauerte ich, diesen vergessen zu haben. Darauf hat er mir nebenan, in Stans Kasematte, einen ganz neuen aufgetrieben. Ich schlug ihm vor, das Ding in der Hälfte auseinanderzuschneiden, da nahm sein Gesicht kindliche Züge an: „Keine Ahnung, was mit mir los ist, es wird wohl das Alter sein, aber mich schaudert davor, Sachen in zwei Teile zu zerschneiden, schon gar Radiergummis. Wenn das so weitergeht … Weißt du, was ich mir jeden Morgen beim Aufstehen sage? Mein guter Etienne, vergiss nicht: Du bist zwar wieder ein Stück blöder als gestern, dafür aber lange nicht so dämlich wie morgen. Wenn noch 'was davon übrig bleibt, gib ihn Stan zurück."

Ein Ruf im Hof: „Wo ist Pierre Reverdy?" Die Inselwirtin versucht jene ausfindig zu machen, die ihre Zeche in der Bar nicht beglichen haben. Die Stimmen hallen im Brunnenschacht wider, man hört jedes Wort, selbst leise Gesprochenes. Die südliche Kasemattenwand wirft auch die von den Wällen kommenden Rufe als Echo zurück.

Nacheinander tragen sie ihre Seesäcke zur Rampe hinab. Sie fahren um elf Uhr ab, die nächsten treffen am Nachmittag ein. Bei Tagesanbruch wehte eine günstige Brise aus Nordwest, nun ist sie abgeflaut.

Mit einem Stück Segellatte habe ich auf gut zehn Seiten meines Blocks horizontale Linien gezogen, zwei pro Seite. Das ist das Meer, und darüber werde ich Küsten- und Inselansichten zeichnen, wie man sie auf alten nautischen Instruktionen sehen kann. Im Uhrzeigersinn: Loch, Quignenec, Drennec. Ist Saint-Nicolas zu nah, Bananec zu rund geraten? Schließlich Penfret.

Um das Fort ist man rasch herum. Der untere Bereich der Mauern verschwindet hinter Goldlack und Malven. An der Böschung weißer Wegerich. Sehr bleiche Grasnelkenbüschel zwischen den Felsen, sie liegen bereits in der Sonne. Ein Vogelpärchen, es sind Austernfischer, lebt in der Nähe des alten, im Westen gestrandeten Thunfischerbootes, oder bei dem, was davon noch übrig ist: lange, vom Rost zerfressene Alteisenteile. Sie werden wohl Jahre dazu gebraucht haben, doch sie haben es geschafft, den gesamten Rumpf zu zerlegen, um ihn in den Kaminen des Forts zu verheizen.

Wohlgeformte Rundwälle, im Westen und Süden golden verbrämt von dieser orangefarbenen Flechte, die einen lateinischen Namen hat. Am schönsten ist das Mauerwerk im Osten, für sein Fundament musste man den felsigen Grund tief abtragen, man gelangt da in einen schmalen Wassergraben, sieht für einige Meter die See nicht mehr, könnte sich genauso gut in einer Steinwüste befinden. Die Mauer im Norden ist hoch und dunkel und nur am Giebel des Offiziersgebäudes von einer Schießscharte durchbrochen, von wo aus man die Bewegungen der Lastkähne beobachten kann. Formvollendete scharfe Kanten in den Ecken, ähnelt das Fort aus der Luft vielleicht einem Zahnrad? Kann man auch die sieben Ecken – auf Bretonisch *seiz kogn* – ausmachen, die dem Eiland angeblich seinen Namen gaben?

Ich habe die Insel Loch gezeichnet. Von links nach rechts, wie man schreibt. Der Schlot der alten Sodafabrik steht dicht an der östlichen Inselspitze, näher, als ich es in Erinnerung habe. Die Dächer des Gehöfts im Mittelgrund kommen hinter den

Tamariskensträuchern kaum zum Vorschein. Danach steigt eine lang gestreckte Düne allmählich zu einem kleinen Hügel an und fällt, zu meinem mit dem Lineal gezogenen Strich, wieder sanft ab. Die Stervat-Bucht hinter der Westspitze ist nicht zu sehen; dort werde ich bei günstigem Wind an Land gehen.

Ich werde wiederkehren und die Zeichnung zu anderen Tageszeiten, bei hoffentlich anderen Lichtverhältnissen ausführen. Die graue Graslinie, die den Dünensaum markiert, muss versetzt werden. Von den Festungswällen aus stellt sich das zweifellos wieder anders dar.

Sie sind aufgebrochen während ich zeichnete. Ihre Bekanntschaft werde ich mithin nicht verbuchen können.

Niemand mehr im Fort. Also habe ich drauflos gezeichnet, um rasch alle Licht- und Schattenbereiche zu markieren, die windgeschützten Stellen, die möglichen Rundwege über die andere Stiege, jene im Südosten, über die Südterrasse, bis hin zum Sockel des riesigen weiß-schwarzen Turms, der den Marineschiffen als Seezeichen dient. Viele sagen, er entspreche nicht den Erfordernissen, mir gefällt er gut, er ist der Zeiger einer Sonnenuhr, im Winter muss sich sein Schatten nachmittags langsam über den Hof tasten. Derzeit greift er nicht über die Terrasse hinaus.

Es gibt elf Kasematten, elf Türen und Fenster, dazu ein kleines Spitzbogenfenster an der Südseite, da, wo die Unterkunft des Kommandanten war, oder vielleicht die Kapelle? Des Weiteren elf Rinnen, lange Steinschäfte, aus welchen das die Mauern durchfeuchtende Regenwasser in den Hof abläuft. Sie sind an den Schnittpunkten der Kasemattengewölbe angebracht. Jene im Westen schwitzen noch tröpfchenweise. Es heißt, sie trocknen niemals auf, nicht einmal während der größten Sommerhitze.

In der Nordwestecke des Walls lehnt eine lange Holzbank an einer grell besonnten Mauer. Gestern Nachmittag sah ich den großen Lagerverwalter, einen Schwarzen, in diesem Winkel das hohe Gras absicheln, heute Morgen kam er wieder und warf es mit beiden Armen schwungvoll über die Brüstung. Ganz wie in einem kleinen Garten. Schlagartig fiel mir dabei der hängende Garten ein, den ein verrückter Eremit an fast unzugänglicher Stelle auf dem South Peak, dem Gipfel von Skelling Michael in Irland angelegt hatte. Der hier hat dieselbe Größe, vor allem hat das Gras dieselbe Farbe.

Es ist ein richtiger, windgeschützter Garten. An der Innenseite der Westbrüstung sind zwei lange Eisendrähte gespannt. Hier hatte wohl jemand Rosen ziehen wollen; natürlich waren das Sie, Hélène, ich weiß. Überall wollten Sie Rosen, selbst auf Penfret hatten sie längs des Pachthofs welche gepflanzt. Jedes Jahr zu Ostern kam ein betagter Lehrer angereist, nicht etwa, um eine Segeltour zu machen, sondern einzig und allein, um Ihre Blumenbeete zu jäten.

Ich hatte eine gewisse Rückzugstechnik entwickelt, verschwand mit dem alten Mann ohne viel Aufhebens durch den Abflussgraben einer Düne, um bei Niedrigwasser fischen zu gehen. Sie hatten es dennoch registriert: „Euer Abmarsch entgeht einem einfach. Eben wart ihr noch hier, ganz nah, und plötzlich ist keiner mehr da. *Exit ghost.*“ Sie hatten damals ein fast zärtliches Lächeln gehabt.

Das Gelände der Insel wurde von den Kindern erkundet. Wir steckten sie in kleine orangefarbene Überkleider, um sie leichter ausmachen zu können, doch ein Augenblick der Unachtsamkeit genügte: sie hatten ihre Täler, Wälder, ihre Bergketten.

Einmal war ich in einem Hofgebäude damit beschäftigt, den Anstrich eines Schiffes zu erneuern. Ganz ferne, aus der Gegend des Semaphors, vernahm ich ein leises Rufen. Die Glastür der Küche stand offen, ich sah die Kinder erst die Treppe, dann die Böschung herablaufen, für eine ganze Weile verschwanden sie in der Senke hinter dem Rettungsbootschuppen. Dann endlich waren ihre Köpfe zu sehen, die Kleinen querten den Kamm, liefen auf meiner Seite wieder herab, waren von hier unten erneut nicht auszumachen. Ich gab mit dem Arm ein weit ausholendes Zeichen. In der Ferne ging die Tür langsam wieder zu. Sie trafen mit roten Wangen ein, stritten sich um einen Korb, der eine Überraschung enthielt. Es ist elf Uhr.

Klettert man auf die Gartenbank, sieht man über die sogenannte Kammer, den Ankergrund zwischen Saint-Nicolas und dem Fort. Allmählich laufen Schiffe ein. Auf Saint-Nicolas gibt es jetzt auch einen Windmotor.

Sitzt man indes, den Rücken zur Wand gelehnt, einfach dort, ist das eine vortreffliche Position zum Nichtstun. Zur Linken kann man einen Teil des Hofs überblicken, die Eingänge zu den südseitigen Kasematten, die Art, wie der Schatten der Ablaufrinnen über die Mauer schweift. Vorne, ganz nah, das kleine Gebäude der Schiffswache; im Hintergrund der hohe Turm. Auf der Terrasse oberhalb der Rasenfläche des Gartens schimmern die Steinplatten matt; in sie hat man eine rechteckige Rigole gehauen, um das Regenwasser zur Zisterne zu leiten. Bei der Westbrüstung entdeckt man eine weitere Rinne in Halbkreisform, auf welcher zweifellos eine Kanonenlafette ausschwenkte.

Mittag. Die Flagge über der Schiffswache hängt reglos von ihrem Mast. Meine Beine werden langsam rot. Mein Bart sprießt. Selbst die Seemöwen verstummen. Von der gegenüberliegenden Terrasse fliegt etwa alle fünf Minuten ein kleiner brauner Vogel auf, steigt piepsend und mit heftigem Flügelschlag, je höher er fliegt, desto schriller wird sein Gesang, mit nachlassendem Schwung verstummt er, sinkt im Gleitflug wieder herab und verschwindet im Gras. Er sieht aus wie eine Lerche, aber die Lerchen bleiben lange in der Luft, freudestrahlend, grenzenlos begeistert. Nicht dieser hier.

Es ist heiß, die Mauer schon leicht aufgewärmt. Wer hat mir doch erzählt, dass das Fort an manchen Sommerabenden, nachdem es den ganzen Tag aufgeheizt wurde, eine Art Sogwirkung entfaltet, und dass alle Segler, aus welcher Richtung immer, mit achterlichem Wind zu ihm zurückkehren?

Die Kasematten indes bleiben eisig.

Auf dem Dach der Wache richtet sich langsam eine Gestalt auf und rekelt sich wie am Ende eines langen Schlafes. Es ist Nano, der Koch. Mit einem Buch in der Hand kommt er die Eisentreppe herab, bemerkt mich, quert den Garten. Er hat ein schönes Gesicht, das ich zu kennen glaube. „Man kann es sich zwar schwer vorstellen“, sagt er, „aber dort oben ist der verborgenste Platz des Forts. Im Stehen sieht man den ganzen Archipel und wird auch selbst von überallher gesehen; sitzt oder liegt man aber hinter der Brüstung, käme kein Mensch auf den Gedanken, dich dort zu suchen.“

Wir haben ein wenig geplaudert. „Du weißt ja, ich bin kein richtiger Koch. Irgendwann einmal habe ich es notgedrungenerweise gelernt, um für jemanden einzuspringen, es war reiner Zufall, und dabei habe ich entdeckt, dass es mir Spaß macht, eine ganze Bande zu verköstigen.“ Wir standen auf der Bank, blickten auf das Meer, und mit einem Mal fand ich seine Färbung wunderschön. „Seit vier, fünf Jahren, genau weiß ich das nicht mehr, komme ich jeden Juni wieder“, sagte Nano. „Es muss einfach sein. Ich habe versucht, es meinen Eltern und Freunden begreiflich zu machen, merke aber jedes Mal deutlich, dass ich sie damit rasch langweile. Der Archipel lässt sich nicht so leicht erklären, man muss ihn sehen, hier leben, alles verändert sich unentwegt, es ist einfach zauberhaft. Punktum.“

„Ich habe meine ganze Kindheit damit zugebracht, die Inseln zu beobachten“, erzählte mir einst ein Weinhändler aus Pont-l'Abbé. „Oft sah man die seltsamsten Dinge an ihrer Stelle, Berge, Schlösser, oder gar große Passagierdampfer, die knapp über dem Meer schwebten, dann wieder stand alles auf dem Kopf. Manchmal waren sie unsichtbar, obschon es keine Spur von Nebel gab.“ Diese Fakten werden von allen Küstenbewohnern bestätigt.

Ich habe Nano geholfen, einen großen Tisch an die Sonne zu stellen, mitten in den Hof. Die *Archipel* ist eingelaufen. Zum Mittagstisch waren wir nur an die zehn: Stan, Agnès, die Inselwirtin und Damien, der Chef der *Liaisons*, samt seinen Schergen. Auch sie erkenne ich nun wieder, mit ihrem ewig zerzausten Aussehen, ihrer zerschlissenen Kleidung, den Achttagebärten und der eingebildeten Miene großer Vagabunden. Jetzt fallen mir auch die Ausdrücke der Sippe wieder ein; die *Liaisons*, das ist die Mannschaft der *Archipel*, die Inselwirtin sorgt für den Nachschub, der *Matérialiste* kümmert sich um die technischen Belange.

Sie alle haben tiefblaue Augen, das ist aufreizend. Außer dem natürlich, den sie Jos nennen, dem Schwarzen. Bei Tisch saß er zu meiner Rechten, riesig, glänzend, wenn er Ball spielt, muss man von den Bewegungen seines Körpers einfach fasziniert sein. Es wunderte mich schon, dass er einen der hier so gebräuchlichen Vornamen trägt, doch in Wirklichkeit heißt er Josué. Während des Essens kümmerte er sich um mich, achtete darauf, dass es mir an nichts fehlt, erwies mir übertriebenen Respekt. Er ist der Einzige, der mich siezt.

Als wir beim Kaffee waren, stand im gewölbten Eingang plötzlich eine Frau, sie hielt eine schwarze Katze im Arm. Woher kam sie? Wer hat sie hierher gebracht? Jedenfalls wurde ihr ein freudiger Empfang bereitet. Eine Blondine gewissen Alters, mit müden Zügen und einem feinen, stillen Lächeln, sie raucht viel. Ihr Name ist Juliette, und wie alle Jahre übernimmt sie für einen Monat die Bar.

Sie nahm zu meiner Linken Platz, und mit einem Mal fühlte ich mich gelöster.

Ich habe Stan getroffen. „Wenn alles nach Programm geht, sind wir Montag bei Schönwetter den ganzen Tag auf See. Dann kannst du dir einen Prahm nehmen. Wir reden noch darüber." Bei Tisch meide ich seine Nähe, weiß, dass ich albern wäre.

Sie sind per Touristenschnellboot nach Saint-Nicolas gekommen, den Prahm haben sie dort abgeholt. Sie sind ungefähr zwanzig. Ich lehnte an der Wallbrüstung und beobachtete sie mit dem Feldstecher beim Landgang, Gesicht für Gesicht. Manche haben mich dabei gesehen.

Nano hatte im Hof noch zwei Tische hinzugereiht, darauf Fruchtsäfte und selbstgemachte Kuchen bereitgestellt. Sie haben mit ihren grellfarbigen Öljacken Platz genommen. Stan sprach vom Ende des Tisches zu ihnen, dürfte sie in die Örtlichkeiten und die Organisation des Alltags eingeweiht haben. Plötzlich wandte er sich um und bedeutete mir mit einem knappen Zeichen, vom Wall herunterzukommen. Offenbar ist es üblich, dass sämtliche Bewohner des Forts vorgestellt werden. „Und das ist Jean-Paul, ein ehemaliger Kollege, er ist auf der Durchreise." Es kränkt mich, dass er sich nicht einmal meinen Vornamen gemerkt hat. Möglicherweise nimmt er mir übel, dass ich die Ankommenden so lange mit dem Feldstecher beobachtet habe, das war in der Tat unangebracht. „Sind Sie der Nachtwächter?", hat mich einer von ihnen lachend gefragt.

Sie haben auch noch ein Vokabular zu lernen. Ein ebenso schönes wie das der Mönche.

Stan kommt zum Schluss: „Los, stellt eure Seesäcke ab. Wir laufen gleich aus." Allgemeine Stille. Genau so macht man das.

Sie fallen ein, wie angekündigt. Mindestens fünfzig Boote liegen vor Saint-Nicolas, immerfort kommen neue hinzu. Vor Loch sind es noch mehr. Die Leute sind schon an Land, der große Strand ist überfüllt. Niemals hatte ich dort jemanden gesehen, oder fast nie. Wir haben Glück gehabt. Du wusstest das wohl besser als ich. Auch, dass unsere Kinder die Könige der Welt waren. Und du warst Königin.

Der Wind kommt jetzt aus Südwest und frischt auf. Sobald Wind aufkommt, wirkt alles weiter entfernt, Quignenec unerreichbar. Heute Abend käme ich mit dem Wriggriemen wohl nicht einmal bis Drennec.

Gewiss, alles ändert sich unentwegt. Es gibt Durchlässe, die ich einmal befahren und dann nie wiedergefunden habe. Ausschlaggebend war ein gewisses Spiel der Winde zu einem bestimmten Gezeitenmoment, ein gewisses Zusammenwirken von Strömung und Licht. Es waren Augenblicke, keine Orte, man könnte ihre Positionen nicht festhalten.

Auf den großen Entdeckungsreisen, so habe ich gehört, fügten diejenigen, die mit der kartographischen Erfassung noch unbekannter Archipele betraut waren, gerne eine Phantasieinsel ein, die sie nach ihrer Herzensdame benannten. Das war ein allseits bekanntes, akzeptiertes Faktum, und es rührte niemanden, wenn man auf späteren Fahrten keine Spur von ihr fand. Man nannte sie *Die Insel der Frau des Kartographen.*

Der Hof ist ruhig. Sie haben den gelben Ball im hohen Gras noch nicht gefunden. Du siehst dein Zeichenblatt nicht mehr, geh doch schlafen.

Kurz vor Tagesanbruch kam mir Juliette mit Mona, ihrer Katze, nach auf den Wall. Wie sie da in ihrer gebückten Haltung auf der Treppe stand und ihr Teeglas umklammert hielt, glich sie einem Häufchen Elend. Sie warf einen neidvollen Blick auf meine Schale: „Du hast es geschafft, dir echten Kaffee zu machen?" Jeder ging wieder nach seiner Seite fort, das ist kein Moment für Plaudereien.

Die Sonne kam hinter Guiriden herauf, jener Insel in Form eines Kometenschweifs, auf der man das Skelett eines Riesenmenschen gefunden hat. Sie war rot und nur kurz zu sehen, jäh haben sich aus Westen Wolken vorgeschoben. Beinahe ist es wieder stockdunkel, doch ich habe sie gesehen.

Ich hatte die Tür zum Speisesaal nur einen Spalt offen gelassen, schon flog eine Seemöwe hinein und pickte an der Butter auf den Tischen. Als ich zurückkehrte, stießen wir beinahe zusammen. Ich habe sie nur knapp verfehlt, die unerwartete Begegnung hat mich in Wut versetzt. Mit einem Mal hätten jene endlosen Würgelaute, die man nächtens hört, einen Sinn ergeben.

Ein kleines Flugzeug fliegt sehr tief Richtung Osten vorbei. Schläft man denn noch in der Wache beim Semaphor? Der Wind legt zu, offenbar aus Südost, der Himmel klart auf. Plötzlich ist mir mein Bart aufgefallen. Er ist weiß.

Nein, der Wind kommt aus Süd. Die Wolken heben sich, werden transparent. Vielmehr eine Art Dunst. Es ist kühler als zu Tagesanbruch. Bleibe nicht hier, deine Füße sind eiskalt, mach dich lieber ans Zeichnen, wenigstens ganz einfache Skizzen, ein paar Linien und Kurven, zum Einzeichnen der Steine hast du den ganzen Winter Zeit.

Etwa den Winkel im Hof, zehn Meter vor meiner Tür: die Treppe, die zu den Wällen hochführt, ihre doppelte Folge abgetretener Stufen und das steile Eisengeländer – letzteres sollte man in der Tat vorweg einzeichnen, der Rest herum ergibt sich dann. Links, im unteren Stufenbereich das Fenster von Stan, von innen vorsorglich mit einer Decke verhängt; rechts, zwischen der Zisterne und dem Offiziershaus das dunkle Gewölbe, wo sich die Pumpe befindet. Über sie wölbt sich ein geradezu eleganter Steinbogen. Darüber entdeckt man ganz im Hintergrund, zum Himmel hin, den Mauerkamm des Eremitengartens. Er liegt noch im Schatten. Ich habe Arbeit für acht Tage.

Manche behaupten, man habe vom Fort nicht alles erforscht, es gäbe noch unbekannte Kammern. Vielleicht hier, hinter der Zisterne, deren Ausmaße ich nicht kenne? In Stans Kasematte glaube ich nordseitig eine vermauerte Tür ausgemacht zu haben. Sie muss irgendwo unter den Garten führen.

Die Wasserträgerinnen. Mit etwas unsicherem Blick. Sie wissen noch nicht recht, wo sich die Pumpe befindet. Schon morgen werden sie den Hof schnurstracks queren, nicht mehr aufblicken.

Mir ist gerade noch Zeit geblieben, meinen Sessel wieder hineinzutragen, glücklicherweise hatte ich daran gedacht, am Boden für das nächste Mal Markierungen anzubringen.

Fast alle sind sie anmutig, mit ihrem Eimer in der Hand; die Jungen hingegen lächerlich. Die Unruhe, die einen beim Anblick aufziehender Wolken erfasst, werden diese Mädchen kaum verspürt haben, für sie ziehen alle Wolken nur ab. Es hat den Anschein, als trübte es sich nun von Norden ein! Oder täuschen alte Schlieren auf den leicht verschmutzten Fensterscheiben das Auge, sobald man den Kopf bewegt?

Stan stapft keuchend von links nach rechts vorbei, den Blick zu Boden gesenkt, die Haare zerzaust, seine Sandalen klappern leise.

Josué hatte seinen großen schwarzen Apparat herausgeholt, seine Musik im Hof dröhnend laut aufgedreht. Ich habe die Flucht ergriffen. Wie kann er das nur mögen, dieses sture Gehämmer, das sich anhört wie ein zu rasch, zu heftig pochendes Herz? Jetzt sehe ich ihn unten mit einer langen Leiter die Mauern entlanggehen. Er reißt die fleischigen Pflanzen aus, die in den Ritzen wuchern. Sind das nicht sogenannte Hexenfinger? Angeblich sprengen sie winters bei Frost die Mauern.

Wer hat bloß die Wetternachrichten aufgenommen, hat es gewagt, mit Kreide „Leicht bewegte See" auf die Diensttafel zu schreiben? Beinahe hätte ich das berichtigt, habe mich aber beherrscht: Was mische ich mich ein? Druck 1015, Wind drehend: Wir befinden uns in einer Art barometrischem Morast, mir graut vor so etwas; das Wetter sucht sich, da kann alles geschehen.

Im Westen bleibt der Horizont düster. Quignenec zu zeichnen ist keine einfache Sache, selbst wenn man das Fernglas zu Hilfe nimmt, bleiben seine Konturen diffus. Dennoch glaube ich, die beiden Hausgiebel hinter den Felsen hervorragen zu sehen.

Endlich sind sie ausgelaufen, es ist reichlich spät. Sie werden wohl zu unmöglicher Stunde zum Essen zurück sein. Ich streife ein wenig durch die Gegend. Um elf Uhr erreichte ich den Punkt mit Sicht auf Loch; der Strand drüben ist fast zur Gänze von Booten verdeckt. Auf der Insel bewegten sich gruppenweise ein paar Leute. Um welche Zeit las dort Félix die Sonntagsmesse? Wie waren die Signale, wenn sonntags Schlechtwetter herrschte?

Stan machte sich an der Landzunge im Südwesten am kleinen Motor der Pumpe zu schaffen, die das Meerwasser zur Küche befördert. Ich ging auf ihn zu, legte mir ein paar Kommentare zu den Tücken der Mechanik zurecht. Just als ich bei ihm anlangte, sprang der Motor an, es war nicht mehr möglich, sich zu verständigen. Als ich später erneut vorbeikam, sah ich ihn auf einem Felsen liegen: er schien inmitten des Getöses tief zu schlafen.

Man kriegt ihn jedenfalls nicht zu fassen. Gerade noch steht er neben mir auf dem Wall, augenblicks darauf sehe ich ihn mit Josué eine Ankerkette auf die Rampe schleppen, ein andermal legt er mit einem Prahm an, ohne dass ich ihn hätte auslaufen sehen. Habe ich denn Absenzen?

Juliette hat neben der Bartür ein kleines Holzschild aufgehängt, wo auf einer Seite „Geöffnet", auf der anderen „Nein" steht. Wie mir scheint, hatte früher jede Kasematte neben dem Eingang ein Emailschild mit eingraviertem Namen. Die ehemalige Bäckerei hieß *Château d'If.*

Sie hat mich auf ein Glas eingeladen. Sie murmelt in ihrem stark östlichen Akzent vor sich hin, ich verstehe nicht alles, was sie sagt. Auch sie hat ein Musikgerät, es läuft ganz leise. „Josué geht uns mit seiner hämmernden Rockmusik auf die Nerven", sagt sie. Ihr hingegen liegen eher die großen Symphonien und manch geistreicher Chansonnier.

Die Bar ist ein gewölbter, sichtlich als *Pub* ausstaffierter Saal. Ich stelle sie mir eben vor, abends hinter dem Tresen, mit ihrer Zigarette, wie sie geduldig den Diskussionen, der ewigen Leier von den Glanzleistungen des Tages folgt, bis spät in die Nacht. „Eines steht fest: Sie können nicht trinken", seufzt sie.

Die Wände sind tapeziert mit großformatigen Fotos, die Schiffstypen neueren Datums zeigen, das hat mich plötzlich aus der Ruhe gebracht, was musste ich auch damit anfangen, ihr von all den Schiffen zu erzählen, deren Anstrich ich seinerzeit erneuerte? Sie waren ihr ein Begriff. Wo sind sie geblieben? Ich selbst werkte im Halbschatten des dortigen Gehöfts, eine Arbeit für die künftigen Jahrhunderte, um mich herum nur das Tosen des Windes und das Trippeln der Vögel auf dem Dach, stundenlang. Mit einer Gaslampe in der Hand glitt ich in die hintersten Winkel der Bugköpfe, bewegte mich wie in einer Grotte vorwärts, um auch da noch Stellen abzukratzen und nachzustreichen, wo gewiss kein Mensch meine Arbeit kontrollieren würde. Ich war weit weg von allem Getriebe, gleichsam der Zeit enthoben, sehr fern von dem Tage, da man die Boote hervorholen, da das Resultat sich endlich im gnadenlosen Frühlingslicht dem scharfen Blick jenes Mannes zeigen würde, den ich den Goldschmied nannte.

Ich habe sogar davon gesprochen, welches Vergnügen es mir bereitete, ein altes Wriggruder zu überholen, es lange, mit immer feinerem Schmirgelpapier abzuschleifen, der abgenutzten Rundung ihre ganze Geschmeidigkeit wiederzugeben, geduldig die Grundierungsschichten aufzutragen, dann den Lack, bis schließlich klare, makellose Lichtpfeile aufblitzten.

Juliette ist wirklich jemand, der zuhören kann. Mit einem Mal kam mir der Gedanke, dass vielleicht *sie* mir sagen könnte, woher jene Geschichte rührt, die mich schon so lange beschäftigt – doch sie kannte sie nicht. Jene Geschichte von einem Seemann, der mit seinem Ruder an den sandigen Gestaden landet und zu dem jemand sagt: „Geh nur immerzu gerade aus. Du bist am Ziel, sobald du nicht mehr weißt, wozu das Holzstück gut war, das du auf der Schulter trägst."

Ich habe Hunger! Der Tagesanbruch ist noch so fern!

Heute, den 19. Juni, ist die Sonne um 3 Uhr 50 Universalzeit an dem im Almanach bezeichneten Referenzort aufgegangen: 50. Breitengrad Nord und Längengrad Null (das muss in Greenwich, in den tiefgrauen Vororten von London sein). Und hier?

Fort Cigogne liegt auf Breitengrad 47°43' Nord und Längengrad 4° West. Die Korrekturtabelle für Breitengrade setzt fest, dass der Referenzzeit 14' hinzuzufügen sind. Für Längengrad 4 West sind nach der Umrechnungstabelle von Bogen- in Zeiteinheiten noch weitere 16' hinzuzurechnen. Also insgesamt 30'. Genau genommen ist die Sonne hier also erst um 4 Uhr 20 aufgegangen.

Und ist es noch immer nicht Mittag, sondern gerade einmal 10 Uhr.

Penfret weicht um drei Bogenminuten ab. Die Sonne geht dort 12 Sekunden früher auf.

Das Fort dreht sich demnach 450 Meter pro Sekunde mit der Erdachse.

Morgen Montag ist der längste Tag des Jahres. Die Sonne erreicht ihren Höchststand, sie steht im Wendekreis des Krebses. Im Republikanischen Kalender geht man am heutigen Tag vom Wiesenmonat zum Erntemonat über. Sprichwort aus dem Almanach: „Tout autour de la Saint-Jean, les nuages vont contre le vent.“

Bei Tisch gelang es mir, neben Josué zu sitzen. Er hat eben gewaltigen Krach mit Fredo, einem Kollegen auf Durchreise, dessen blondes Haar wild zu Berge steht; ich brauche nicht zu reden, habe meine Ruhe.

Mich behandelt er weiterhin mit dem Respekt, den man dem Alter zollt. Ich möchte fürwahr alles über ihn wissen, habe ihn also gefragt, wo er geboren ist. Er hat mir in seinem behäbig-ernsten Tonfall und in gewählten Worten (denn dort lernte man ein makelloses Französisch) von seiner elenden Kindheit in den Mangrovenwäldern erzählt, und zahlreiche erschütternde Details dazu. Er hat auf meine Fragen mit Bedacht geantwortet, es waren viele. Fredo hatte sichtlich Mühe, dabei ernste Miene zu bewahren, schließlich platzten die beiden vor Lachen, sie kennen sich seit Kindestagen, wurden beide in der Pariser Banlieue geboren. Er spielt im Zivilberuf Theater.

Die Geschichte von seinem Schutzheiligen allerdings kannte er nicht, jenes Mannes, der Gott gebeten hatte, die Sonne anzuhalten, auf dass ihm genug Zeit bliebe, vor Anbruch der Nacht weiß ich welches Stammesvolk zu massakrieren. Und das passiert etwa auch in diesem Augenblick, die Sonne hält bei ihrem Vorrücken nach Norden inne, das ist der Sinn des Wortes „Sonnenwende", und sie wird für mehrere Tage auf annähernd demselben Breitengrad verharren, ehe ihre Bahn wieder flacher wird.

Ich glaube, ich habe ihn beeindruckt. Anschließend machten wir uns alle drei an den Abwasch.

Sonnenwende auf Cigogne. Gedulde dich ein wenig. Hier bist du jeden Augenblick gewärtig, dass die Erde ein Gestirn ist. Hier vergeudest du nicht die Zeit, die dich von deinem Tode trennt, ich glaube vielmehr, dass sie sich dehnt, die Minuten sich vervielfachen, wer hat noch gesagt: „Nichts ist unermesslicher als das Heute“?

Während wir bei Tisch unseren Spaß hatten, müssen wir etwas über den Durst getrunken haben. Anschließend hielt ich in meiner Kammer kurz Siesta. Im Halbschlaf drangen aus den Tiefen des Unbewussten wieder einzelne Wörter hervor: Das Volk, gegen das Josua kämpfte, war, so glaube ich zumindest, ein Volk von „Holzfällern und Wasserschöpfern“. Dann riss mich das Schrillen eines Telefons jäh aus dem Schlaf. Es kam aus der Kasematte von Stan. Ich war der Meinung, das einzige Telefon des Forts stehe in der Küche. Es läutete weiter, also war er nicht zugegen. Hätte ich denn vielleicht hinübergehen und antworten sollen?

Mona hat sich zu mir gesellt, reibt sich einen Augenblick an mir, springt dann von der Bank und tappt mit der Pfotenspitze nach den hohen, von Josué übersehenen Gräsern, um die herum gelbe Schmetterlinge flattern. Woher sind sie gekommen? Plötzlich wildes Geflatter und brüske Wendemanöver von Seemöwen, die aus Norden heranfliegen und meinen Kopf just hinter der Mauer entdecken, wo sie sich eben niederlassen wollten. Immerfort kommen neue hinzu, ich muss mich an einem strategischen Durchzugspunkt befinden. Der kleine braune Vogel fliegt hoch, gleitet herab. Auch die zuckende Lebenskraft von Eidechsen kann man beobachten.

In der Folge passierte etwas höchst Erstaunliches: Stan kam des Weges und setzte sich zu mir. Er schien jede Menge Zeit zu haben. Irgendwann musste ich mich einfach wieder aufrichten, schließlich stiegen wir auf die Bank, um das Meer zu beobachten. Ihr hattet uns beigebracht, jenen Menschen keine Fragen zu stellen, die sich die Inseln als Lebensraum wählen, doch worüber soll man dann reden? Ich habe ihn ein wenig ausgefragt, er hat nachsichtig geantwortet. „Mich interessiert die Antarktis", hat er mir erklärt. Er bereitet sich auf eine Segeltour in diesen Breiten vor. Ein Träumer wie die anderen auch? Immerhin ist er schon einmal so weit gefahren, oder doch beinahe, er kennt die großartigen und zugleich heimtückischen Meerengen von Patagonien mit ihren Fallwinden, die vom Gebirge herabstürzen und Schiffe im Nu in Kenterlage bringen. „Nennt man sie nicht *Williwaws?*" Er bestätigt, zeigt sich verwundert. Das ist reiner Zufall: Einst hatte ich ein Dossier über diese Weltengegend zu erstellen. Unnütze Bucht, Port-Famine, Milchstraße, Canal Occasion, die östlichen und westlichen Iles Furies: Ein Name fällt nach dem anderen, während wir uns die Prozession der Segler ansehen, wie sie über die Pierres Noires in den Archipel einlaufen.

Er spricht von Albatrossen und Riesensturmvögeln. „Allerdings wird es erst in ein paar Jahren soweit sein, ich bin noch nicht bereit", sagt er zum Schluss gelassen. Er macht sich wieder auf den Weg. „Übrigens: Ich habe ein unbenütztes Telefon gefunden und es in meinem Zimmer installiert; ich hoffe, es stört dich nicht?" Natürlich nicht. Darauf: „Ich muss gleich nach Penfret fahren. Willst du mitkommen?" Gewiss nicht.

Die Windkraftanlage auf Saint-Nicolas hatte auf West gestellt und drehte sich ziemlich rasch. In der Ecke des Wachgebäudes begann das Hisstau der Flagge gegen seinen Masten zu schlagen. Vom Meer schob eine Nebelbank herein. Ein ganzer Trupp, allesamt in Stiefeln und Öljacken, kam im Gänsemarsch die Treppe heraufgestapft. Sie querten die Terrasse, um sich die Meeresfläche anzusehen, auf der sie segeln würden. Keiner hat den Kopf nach rechts, Richtung Garten gewandt, ich konnte mich aus dem Staub machen, niemand hat mich gesehen. Außer natürlich der unvermeidliche Nachzügler im Stiegenhaus.

Die Spitze von Pen a Men, das samstägliche Anlegen des Versorgungsschiffes *Sévère* an der Verladerampe, der Weg, über den alle gemeinsam den Bootswagen an einem Seil hinaufziehen, der alte Windmotor, der Leuchtturm hinter dem Stechginster, die ausgelassen-fröhliche Rast im Wärterhaus beim jeweils Diensthabenden; wie sie anschließend allein Richtung Gehöft hinabfahren, der sandige Weg, auf dem die Räder einsinken, der Unterstand für das Rettungsboot, die Schiffswache, die Segelreparaturwerkstatt, der Halt am Fuße des Semaphorhügels, um die Kinder aus dem Wagen zu lassen, sowie deren wildes Bemühen, die Böschung zu erklimmen, ehe sie außer Atem, lachend oben auf die Stufen der Treppe sinken; das frische Brot, die Pakete der Großmütter: Lässt sich so etwas einfach von links nach rechts zeichnen?

Ich selbst hatte eines Tages den jungen Techniker hierher gebracht, der das erste Funktelefon installieren sollte. Das war an einem düsteren Februartag, wir kamen in einem Schlauchboot, dem nach und nach die Luft ausging. Ab Penfret hatte sich die Überfahrt hingezogen, wir mussten langsam fahren, damit das Material nicht nass wurde. Im Hof des Forts jaulte der Wind, aus allen Rinnen lief Wasser, es war düster und eisig kalt. Ich machte mich daran, die Türen der Kasematten zu öffnen, und in alle Richtungen stoben Ratten davon. Der junge Kerl war nervös, wollte die Arbeit rasch zu Ende führen, als ich ihm das Werkzeug reichte, bemerkte ich, dass seine Hände leicht zitterten. Er machte sich Sorgen wegen der Rückfahrt und der so rasch hereinbrechenden Nacht. Natürlich hatten wir ihn abends in der Semaphorwache noch mit einem Meerschneckenragout aufgeheitert; er war hingerissen und zugleich beschämt, mit leeren Händen gekommen zu sein, er versprach, den Kindern Geschenke zu schicken. Eines Tages habe ich ihn auf einem Bahnhof wiedergesehen, er stand an einer Waggontür, erkannte mich und wandte den Blick ab.

Es ist kalt, doch ich werde nichts mehr unternehmen. Einmal noch habe ich meine Unterlagen zur Hand genommen. Sogleich stoße ich wieder auf jene schmalen, tiefgründigen, zwischen den Sätzen schimmernden Auslassungen, in denen all das Unausgesprochene ruht, das ich so brennend wissen will. Und abermals habe ich die Pläne jenes Visionärs namens La Sauvagère hervorgeholt: Wäre es nach ihm gegangen, hätte das Fort als mehrstufiges Bauwerk das gesamte Eiland überdeckt, mit einer Geschützstellung auf der Anhöhe und langen Wällen, die durch Glockentürmchen gegliedert waren, elegante Campanile, eine richtige Zitadelle eben. Stattdessen dieser nüchterne Mauerring, eine in hiesigen Breiten ungekannte Kälte und Zugluft, schaurig düstere Mannschaftszimmer, die stupide Disziplin, in einer Ecke ein

Gefängnis und dahinter ein Verlies. Die Soldaten hießen La Joie, Brindamour, Beausoleil, stammten aus Regimentern des Landesinneren, aus dem Quercy und der Gegend um Cambrai. Welche Farbe hatten ihre Uniformen, welches Schuhwerk trugen sie, wo ließen sie ihre Wäsche trocknen, wuschen sie diese überhaupt? Gab es Trompeter, Tamburine? Rechnete man wirklich mit dem Feind? In die Kammer konnte doch kein Schiff mit großem Tiefgang einlaufen. Hielten Posten die ganze Nacht über Wache? Wie lautete das Codewort? Wie machten sie sich Licht?

Von Zeit zu Zeit ein unerwartetes Geräusch: Jemand kickt beim Überqueren des Hofes beiläufig gegen den Ball.

Einmal habe ich eine Waffe angefasst, das war gleich nebenan, auf Drennec. Die Zimmerleute waren gekommen, um an den Gebäuden Reparaturen durchzuführen, und hatten mich zu einer Jagdpartie eingeladen. Sie hatten mir ein Gewehr geliehen, ohne mich natürlich vor dem starken Rückstoß zu warnen. Weder habe ich das Bild des Hasen im Visier vergessen noch den heftigen Schlag, der mir unter allgemeinem Gelächter das Zeug aus den Händen riss. Auch nicht den Bluterguss auf der Schulter, der mir mehrere Wochen erhalten blieb; ich konnte nicht einmal mehr malen.

Glücklicherweise habe ich daran gedacht, meine Seejacke mitzunehmen, doch hätte ich noch zusätzliche Socken und statt des grotesken Hutes eine Wollmütze kaufen sollen. Viel kälter kann es selbst zur Wintersonnenwende auf der sonnenabgewandten Seite nicht sein. Da kommt Josué herein, tut so, als suche er etwas auf den Ablagen. Ich werde nicht aufblicken, ich kenne das Blitzen in seinen Augen, werde einfach etwas Beliebiges schreiben und warten, dass er wieder geht: *Brüder, die ihr nach uns lebt; ein Hase träumte in seiner Sasse; dann: Eine Dame an ihrem großen Fenster, ich grüße dich, alter Ozean; der Fußgänger möge diese Schranken beachten*, na bitte.

Aber nein, auf der Türschwelle wandte er sich um und fragte: „Zeit für die Bar: Kann ich Sie auf ein Glas einladen?" Gewiss nicht.

Der Fröstling von Montignac. Knapp vor Baubeginn des Forts hat er das Licht der Welt erblickt. Er besaß eine ganze Mützensammlung, hüllte sich, wie es scheint, jahraus, jahrein, sein ganzes Leben lang, in Westen und Schals, der vortreffliche Joubert, ein Freund Chateaubriands, während er subtile, oft lichtvolle, ja höchst verblüffende Gedanken in seine Notizbücher träufelte – bei all deren Zurückhaltung. Er wurde in Montignac-sur-Vézère geboren und hat dort bis zum Alter von vierzehn Jahren gelebt. Zwangsläufig muss er die umliegenden Gefilde durchkämmt oder zumindest durchwandelt haben, muss an die hundert Male an jenem Loch im Gestrüpp vorbeigekommen sein, durch welches weitaus später andere, kühnere Jungen als er vorgedrungen sind; der Ort ist gemeinhin als Lascaux bekannt. Er ist ganz knapp am Unvorstellbaren vorübergegangen.

Stockdunkle Nacht. Ich habe mich wieder auf die Terrasse begeben, laufe auf und ab, versuche mich etwas aufzuwärmen. Der Himmel ist bedeckt. Richtung Loch sieht man nichts, ich habe mich lange in der Nähe des hohen Turms aufgehalten. Ich hoffe, dass bestimmte Kaufleute auf ihren Montagsruhetag verzichten.

Plötzlich von rechts ein Motorengeräusch, ein Pfeifen. Ich lief den ganzen Wall ab, bis hin zum Garten. Die *Archipel* legte eben an. Ich polterte die Treppen hinab, achtzehn plus elf Stufen, um den Chef zu benachrichtigen. Unter dem Saum der Decke, die sein Fenster verhängt, drang ein matter Lichtschein hervor. Ich klopfte an. Sie waren zu viert, saßen um eine Kerze. Strolche!

Der Strand von Loch ist unberührt. Ich habe Kaffee für zwei zubereitet. Noch immer bedeckter Himmel, schwacher Westwind, vom Meer nicht das geringste Geräusch, der Tag bricht an. Bei den Mönchen ist dies die Stunde der Laudes. Der kleine braune Vogel hat mit seiner Vorstellung bereits begonnen. Ich fühle mich wohl hier.

Ich sollte rasch aufbrechen, muss zuvor allerdings noch Stan sehen. Vorausgesetzt, er steht nicht allzu spät auf. Zum Zeitvertreib schlage ich nach bei Cambry, den es vor zweihundert Jahren in diese Gegend verschlagen hat, im Schneemonat des Jahres III nach dem Republikanischen Kalender. „La cane royale, le plus bel oiseau de l'Europe, paraît naturel à ces îles.“ (Die Königsente, Europas schönster Vogel, scheint auf diesen Inseln heimisch zu sein.) Liegt hier nicht ein Übereinstimmungsfehler vor?

Ich hielt mich gerade in der Schiffswache auf, um die Wettervorhersage von 7 Uhr 35 (Ortszeit) abzuhören. Über Zentraleuropa baut sich ein Hoch auf, der Wind müsste demnach bald auf Ost drehen. Im Augenblick kommt er noch aus West, zehn bis fünfzehn Knoten, und dürfte morgen auffrischen. Das ist der Moment, hinauszufahren.

Wir waren unser drei oder vier, standen reglos,

gedankenverloren im kleinen Postenraum, blickten durch das große Fenster auf die See und lauschten aufmerksam jener monotonen Stimme, die den Wetterbericht herunterleierte.

Schallendes Gelächter im Hof: Ein Mädchen schlüpft hüftschwingend in einen alten roten Pullover mit Löchern dort, wo die Achseln sind.

Ich habe Stan gesprochen. „Nach dem Frühstück gebe ich die Lebensmittelbestellungen durch, dann kümmere ich mich um dich." Muss man sich denn tatsächlich um mich kümmern? Derzeit liegt ein schönes, silbriges Licht über dem Hof, ich finde es ausnehmend weich.

Selbst die Augen der Soldaten längst vergangener Zeiten waren auf das Mädchen gerichtet, das steht fest.

Ganz nach Vorschrift legte ich ihm mein Programm im Detail dar. Er hörte zu, ließ mich dabei nicht aus den Augen. Er wollte, dass ich eine richtige Mahlzeit mitnehme. „Und vergiss deinen Rettungsring nicht", fügte er mit einem kleinen Lächeln hinzu.

Ich habe mir im Lebensmittellager drei Stück Lebkuchen und eine Flasche Wasser genommen.

„Unfassbar genügsam“, wenigstens einen Tag im Jahr! Es ist der Tag der kürzesten Schatten, der Tag, an dem ich mein kleinstes Schattenbild werfen werde. Brennendes Verlangen, vor dem Aufbruch noch jemanden anzurufen, doch wen? Sieh, dass du fortkommst.

Kormorane, ihr habt meine volle Sympathie. Nicht nur, dass ihr nicht ganz wasserdicht seid, nein, ihr haltet zumeist auch noch euren Schnabel.

Euch Seemöwen aber, egal welcher Spezies, Mantelmöwen, Lachmöwen, Silbermöwen, euch verwünsche ich. Ihr wart noch nicht einmal geboren, als ich auf diesem Archipel lebte!

Ganz besonders verfluche ich euch arrogante und feige Lachmöwen mit eurer Art, frontal anzugreifen und im letzten Augenblick abzudrehen.

Auf Quignenec erwarteten sie mich. Seit langem. Hunderte starre, erbarmungslose Augen. Still und reglos beobachteten sie mein Kommen; nur die Kleinen bewegten sich, kleine Silbermöwen, die über die Steine holperten und ihre entnervenden Klageschreie ausstießen.

Den Motor fünfzig Meter vor dem Strand abgestellt, drei Ruderschläge, das seidige Geräusch des Vorderstevens, wenn er sich langsam in den Sand gräbt, ich habe meine Leinenschuhe ausgezogen, am Abdruck meiner großen Füße auf dem unberührten Strand Gefallen gefunden. Seit einer Stunde stieg das Meer wieder. Ich schleppte den Anker etwas weiter hinauf und kehrte ihnen dabei – bei einem Sichtwinkel von wohl mindestens 200 Grad – den Rücken zu.

Möglicherweise mussten sie sich erst an mich gewöhnen. Ich habe mich in den Sand gesetzt, langsam eine Scheibe Lebkuchen gegessen und etwas Wasser getrunken. Es schmeckte nach Eisen. Der Turm von Cigogne schien weit nach Nordost entrückt; und auf dem Wall, winzig, das Gebäude der Schiffswache, von dem aus Stan mich vielleicht beobachtete.

Noch kleiner die hiesige Ruine, deren zwei Giebel kaum hinter dem hohen Gras auf der Hügelkuppe hervorragen. Wie soll einer glauben, was ich da kürzlich gelesen habe: Es wird behauptet, eine Frau lebte „bis zu ihrem Tod Anfang dieses Jahrhunderts alleine auf Quignenec, jener Insel, die eine Flutwelle in drei Stücke riss“? Zunächst einmal sind die drei Eilande schon auf alten Karten eingetragen. Und wer könnte hier, auf diesem Hügel mit kaum zweihundert Metern Umfang, denn einen Winter durchhalten? Hatte sie ein Haustier oder zwei? Wer versorgte sie? Vorbeikommende Fischer, oder vielleicht Tangsammler, wenn deren Saison war? Und das Wasser? Sammelte sie es von ihrem Dach? Dieses muss doch aus Schilf gewesen, des öfteren fortgeflogen sein. Gibt es eine Quelle, einen Brunnen?

Sie würden mich nicht an sich heranlassen, das war mir von vorneherein klar. Ich brauchte bloß den Fuß ins Gras zu setzen, und schon flogen die

Vordersten auf, ohne Hast, begannen über meinem Kopf zu kreisen und dabei knappe Schreie auszustoßen, die anderen weiter hinten stimmten mit ein. Sollte man einfach in die Hände klatschen, schreien und forsch drauflosgehen? Ich hätte zumindest einen Stock gebraucht. Obendrein wäre man besser zu zweit gewesen, um nicht von hinten überrascht zu werden. Im Übrigen war da noch etwas: Die Luft war so klar. Auf Drennec und Saint-Nicolas hätten die Leute, vom Lärm aufgeschreckt, hochgeblickt, hätten diesen weißen Schwarm über der Insel entdeckt. Dabei soll doch nur Stan in das Geheimnis eingeweiht sein.

Bei Ebbe sind das zwei klar getrennte Inseln, drei, wenn man den hohen, langgestreckten Fels etwas abseits im Süden dazuzählt, auf dem wie aufgefädelt vierzehn Kormorane hockten und in die Gegend schauten. Von Zeit zu Zeit spreizte einer die Flügel, schlug sie heftig, um sie trocknen zu lassen. Ich habe die kleine Hauptinsel umrundet, auf der anderen Seite ist es viel rauer, es ist das Ende des Archipels, man hat plötzlich die offene See vor sich. Der Strand schien wie mit Blut befleckt, er war mit langen roten Tidensäumen überzogen, mit Säumen aus jener Flechte, die einen so hohen Preis erzielt. Machte die Frau gar ein Vermögen? Immerhin befand sie sich in den vordersten Rängen, um morgens, nach den Stürmen, das Strandgut einzusammeln. Und auch die Ertrunkenen. Der Großteil jener, die Félix auf Loch beerdigte, wurden, so sagt man, hier aufgefunden.

Hatte sie dieses Leben ohne den leisesten Zweifel akzeptiert?

Ich suchte vergeblich nach ein, zwei Venusmuscheln gegen den Durst und gegen diesen Geschmack von Gewürz und Eisen in meinem Mund. Gefunden habe ich wilden Knoblauch. Los jetzt. Drei Ruderschläge, und schon ist alles wieder zu. Ich bin viel zu spät gekommen.

„Ich bin eine echte Einzelgängerin. Du nicht." Du bist wohl behütet.

Hierauf bin ich zu den Fournou Loch gerudert, den Öfen von Loch inmitten der schmalen Passage. Stets hatte ich die klobigen schwarzen Felsgebilde nur aus der Ferne gesehen, es war eine der Schlüsselstellen der Gegend. Um von Norden in den Archipel einzulaufen, genügte es, den rechten, größeren Felsen anzupeilen, der exakt zwischen Drennec und Quignenec liegt, und auf Kurs zu bleiben: Das ermöglichte einem, zwischen Le Huic und Le Gluet durchzunavigieren und etwas weiter unten die Bondiliguet, die kleinen knorrigen Ulmen zu umschiffen. Spannt man einen Faden über die Karte, sieht man das schön: es geht sich knapp aus, aber es geht sich aus.

(Eines allerdings ist mir nach wie vor rätselhaft: das Aufkeimen jener leisen Bangigkeit, wenn man sich erstmals einem vertrauten Seezeichen nähert, das einem aus der Ferne seit langem als Orientierung diente. Desgleichen, wenn man sich am Fuße einer dieser großen weißen Pyramiden ins Gras setzen will, die auf Anhöhen, mitunter auf freier Flur jene Hafenfahrrinnen anzeigen, die man dank ihrer Hilfe gerade zuvor befahren hat. Zweifellos hat man das Gefühl einer geheimen Verbindung zwischen zwei weit voneinander entfernten Punkten, vielleicht einer aufgehobenen Distanz, doch weshalb nur diese Unruhe?)

Während einer schwachen Brandung klopfte ich eine Handvoll streng schmeckende Muscheln vom dunklen Fels, und in dem Augenblick muss der Wind gedreht haben, denn ich vernahm das kurze Aufjaulen der Jument, der Heulboje im Süden. Auf sie, die einem winters bei einsetzendem Schlechtwetter den Nerv tötet, hatte ich glattweg vergessen.

Die kleine Stervat-Bucht war windstill und rundum, wenngleich in wenig dichten Rängen, von Vögeln gesäumt. Links oben auf dem Hügel weideten zwei bejahrte Ponys friedlich das karge Gras ab.

Man brauchte nur logisch zu denken. Damit sein Signalmast von allen Inseln zu sehen war, hatte er ihn zwangsläufig auf dieser Kuppe, der höchsten Erhebung von Loch, aufgestellt. Seine Kapelle musste er folglich direkt dahinter, auf der windgeschützten Ostseite errichtet haben.

Ich zog meinen Anker an Land, erklomm den Hügel, kam an den Ponys mit den traurigen Augen vorbei, blickte auf die andere Seite: Da unten stehen die Ruinen.

Vom Westgiebel, der am besten geschützt war, ist ein Teil stehen geblieben, eine Steinmauer von etwa einem Meter Höhe; von den anderen Mauern nur die Fundamente, welche sich allerdings noch deutlich vom Boden abzeichnen.

Offenbar gab es vier Räume. Der größte, in der Mitte, zweifelsohne das Kirchenschiff, misst fünfeinhalb Meter in der Länge und fünf Meter in der Breite. Er wird im Westen durch einen gleich breiten Raum um dreieinhalb Meter verlängert. Die Tür muss im Norden gewesen sein, da, wo die Fundamente auf fünfzig Zentimeter unterbrochen sind. Zu beiden Seiten des Hauptschiffes sieht man die Spuren eines angrenzenden Raumes: im Norden im Ausmaß von fünf mal zwei Metern, und im Süden die eines weiteren, kleineren, von drei mal zwei Metern.

Demnach ist die gesamte Anlage neun Meter lang, beim Westgiebel fünf Meter breit, und neun Meter in dem Bereich, der die Anbauten mit einschließt.

Auch hier ist sehr wenig Platz. Wie viele Gemeindemitglieder konnte das Kirchenschiff fassen? Wie viele Menschen lebten damals auf dem Archipel? Es dürften wohl an die hundert gewesen sein: die Bauern von Penfret, Drennec, Saint-Nicolas und von Loch, die Wachbelegschaft des Forts, die Arbeiter der Soda-Fabrik, die Verwaltungsangestellten, Leuchtturmwärter und Wachtposten des Semaphors und jede Menge Kinder.

Der Reisende Ardouin Dumazet kam hier vor exakt hundert Jahren durch und vermerkte emphatisch: „Welch triste Bleibe! Die Insel ist ein Plateau, dessen angewehter, von Gras überwachsener Sand wie eine erstarrte Dünung anmutet. Pater Maurin führt uns herum: Er geleitet mich zu den Resten der von Monseigneur Félix de Marhallac'h errichteten Kapelle, obschon er unsere Idee, derlei Dinge zu besichtigen, recht seltsam findet. Nach knapp zwölf Jahren stehen gerade noch ein paar ungestalte, mannshohe Mauern, behauene Granitblöcke. Das Gebäude war höher, hatte einen Dachstuhl und ein geteertes Dach; der Wind hat das Dach davongetragen, die Menschen haben das Dachgestühl, die Türen und die Fenster als Brennholz verwendet, und die Natur hat das Ihre getan: Stein für Stein fiel das geduldig aufgeschichtete Material zusammen. (…) Die gestaltlosen Überreste in der Dünensenke sind ein jämmerlicher Anblick."

Mit Genugtuung schreibe ich diese Zeilen ab, zumal ich endlich Gewissheit will: Er ist nämlich der Einzige, der Steinmauern beschreibt, alle anderen sprechen von einer Holzbaracke, angefangen mit Abt Rossi und dessen Anmerkungen im Seelbuch von 1891, aus dem die Nachkommenden kräftig abgeschrieben haben. Villiers du Terrage fügt 1905 präzisierend hinzu: „Dieser Holzbau maß etwa zehn mal fünfzehn Meter. Enthüllte man das Sanktuarium, nahm der Mittelteil die gesamte Länge ein; die drei kleinen Zellen zu beiden Seiten dienten als Zimmer, Küche und Lager. Während der Messe vernahm man bisweilen das unflätige Geplapper eines Papageien oder sah durch die Kapelle eine Languste spazieren, die dem Korb entwischt war, in dem der Abt seinen Fang verwahrte." Hier bringt er alles durcheinander: Diese von Labat, einem 1882 vorbeigekommenen Touristen, erzählte Geschichte (Félix war schon seit langem nicht mehr hier), betrifft ganz eindeutig einen Nachfolger des Abtes, jenen Jean-Noël Thymeur von der Insel Sein, den Labat dabei beobachtet hat, wie er „den Hut im Nacken, die Soutane vom böigen Wind aufgebauscht, in seinem Boot mit ungleich langen Riemen davonruderte."

Camille de Montergon behauptet gar, es habe sich um eine zerlegbare Kapelle gehandelt, die der Abt benützt hätte, als er 1870 bei Paris die jungen

Bereitschaftssoldaten aus dem Finistère betreute, und die er von dort wieder mitgebracht hätte. Guéguen und Le Maître wiederum präzisieren: „Die Baracke wird von einem Glockentürmchen geziert, auf dem man eine kleine Marienstatue angebracht hat."

Möglicherweise habe ich mich getäuscht, vielleicht ist das nicht die Kapelle. Wo aber steht sie dann? Ich verwünsche diese schlechte Luftaufnahme, die ich einmal in einer Revue gefunden habe und die folgende Bildunterschrift trägt: „Die Insel Loch mit dem vermutlichen Standort der Kirche des Monseigneur de Marhallac'h." Ich habe die Aufnahme mit der Lupe untersucht: Gut erkennt man darauf nur das Gehöft, und als großen dunklen Fleck den Teich, sonst nichts, nicht einmal einen Hinweispfeil, den man normalerweise hätte einfügen müssen. Mich irritiert das Wort „vermutlich": Weiß man es denn gar nicht genau?

Immerhin ist Ardouin Dumazet von einem Ortsansässigen herumgeführt worden, und sein Zeugnis ist generell glaubwürdig. Allerdings meine ich, dass keiner der anderen je hier hergekommen ist.

Der Artikel zum Foto ist da schon interessanter: „Sonntags versammelten sich die Gemeindemitglieder zur Messe und zur Vesper in der Kapelle Notre-Dame-des-Iles, sofern das Wetter dies natürlich erlaubte. Bei Schlechtwetter setzte man mittels Fahnen, die man auf den Topp des Masten hisste, ein Signalsystem in Betrieb: So wusste jeder von seiner Insel aus, an welcher Stelle der Messe man gerade angelangt war."

Niemand erwähnt das Kirchenfenster. Bei meinem Besuch im Château Perennou am Ufer des Odet erklärte mir ein düster dreinblickender Spross des Hauses im Laufe unserer Unterhaltung glattweg: „Von der Kapelle blieb nichts außer dem Kirchenfenster, das hier irgendwo auf den Dachböden liegt."

Das glaube ich erst, wenn ich es gesehen habe. Es kann nur in den Ostgiebel eingepasst gewesen sein. Die schönen Morgendämmerungen da drinnen!

Noch immer frage ich mich, welche Farben die Fahnen hatten. Weiß für das *Asperges me*, rot beim Evangelium, gelb für die Elevation, blau für die Kommunion, grün für den Schluss? Oder subtilere Kombinationen?

In der südöstlichen Ecke dessen, was ich das Schiff nenne, stößt man auf ein viereckiges, von hohem Gras gesäumtes Loch mit 70 cm Seitenlänge. Ein Brunnen? In einem Meter Tiefe ist es von großen Steinen verlegt. Am Grund zappelte eine offensichtlich feststeckende Silbermöwe. Ich holte sie heraus, sie wackelte über die Dünen fort. Am Himmel über mir zog ein Seemöwenpärchen gemächlich seine Kreise.

Selbstverständlich blieb vom Signalmast nicht eine Spur. Auch nicht vom allseits erwähnten Friedhof, der sich südlich der Kapelle befunden haben musste. Selbst die Eisenkreuze sind verschwunden. Ardouin Dumazet berichtet, ein amerikanischer Maler habe den Friedhof in einem Bild verewigt; eine Reproduktion davon habe er auf der Speisesaalvertäfelung des Wirtshauses von Saint-Nicolas hinterlassen. Ich hatte mir fest vorgenommen, dies auf der Durchreise zu überprüfen, doch habe ich darauf vergessen.

Nach Villiers soll es nebst den im Süden gelegenen Grabstätten aus der Bronzezeit noch weitere Friedhöfe auf der Insel geben: „An zwei Stellen sind die Gräber von Myrthen umrankt. Die Frau eines Inselbewohners hat mir gesagt, sie habe einen Fremden kommen sehen, der sich dort niederkniete und betete."

Auf der Insel bewegten sich in weiter Ferne ein paar Gestalten. Scheinbar kann man bei diesem Wetter an jeder beliebigen Stelle an Land gehen. Als ich beim Schlot der ehemaligen Sodafabrik nachsehen wollte, was von den Öfen noch übrig ist, haben mich zwei Seemöwen heftig attackiert.

Eine von ihnen hat mich so lange verfolgt, bis ich meinte, sie schütze nicht ihr Nest, sondern habe es glattweg auf mich abgesehen, weil mein Kopf ihr nicht passte. Ich bin über lange sanfte Böschungen gelaufen, habe Teppiche von winzigen, leuchtenden Blumen gesehen. Und plötzlich, in einer kleinen Dünenfalte jenes dunkelrote, ausgediente, durchgerostete Monstrum: der Traktor von Georges und Marie-Claude. Schon als sie ihn benützten, war er stark verrostet. Einmal sah ich Marie-Claude zu, wie sie ihn samt Anhänger zum Wasser hinabfuhr, um aus ihrem großen blauen Boot den Tang umzuladen. Sie war im Badeanzug, die Haut sonnengebräunt, ihre Zähne strahlend weiß, ihr schwarzes Haar in zwei streng geflochtene Zöpfe geteilt. Georges stand in Shorts auf seinem Boot, das mit einem Haufen glänzenden Tangs bedenklich überladen war. Ich hatte ihn am Hinweg auf dem Meer gesichtet, als er eine lange Kurbel im Wasser drehte. Er war mir vorgekommen wie ein Techniker, der damit beschäftigt ist, die Durchflussmenge der Strömungen zwischen den Inseln zu regulieren. Später habe ich es dann genau gesehen: Am Ende der Winde saß ein aufgebogener Stift, um welchen er die Schäfte des Fingertangs wickelte, ehe er sie mit einem Ruck ausriss.

Sie empfingen mich mit einem breiten Lächeln, ohne ihre Arbeit zu unterbrechen. Ich bewunderte die Kraft dieser Frau, ihr Muskelspiel, die Präzision ihrer Gesten, wenn sie ihre Mistgabel in den Haufen stieß, bisweilen dicht neben die Beine ihres Gefährten. Binnen kurzer Zeit war der Anhänger voll beladen, und sie schwang sich erneut auf den Traktor, um ihre Fuhre die Düne hinaufzubefördern. Gleich danach haben sie mir die Hand geschüttelt und mich zum Gehöft mitgeschleppt.

Nun bin ich also wieder hier. Wie kommt es, dass ich keinerlei Erinnerung an das äußere Umfeld habe, an die beiden Häuser und den von hohen Mauern umschlossenen Garten dazwischen? Ich entsinne mich einzig des dunklen Raumes, in den sie mich gebeten haben, an einen schönen, glänzenden Schrank, an kühlen Wein. Sie schienen endlos Zeit zu haben, meinen Besuch ganz selbstverständlich zu finden.

Ich wusste von ihren Plänen: Sie wollten aufbrechen, sobald am Festland die Restaurierung des großen Schiffes abgeschlossen wäre, mit dem sie die Meere zu durchsegeln gedachten. In Wahrheit war ich bereits im Begriff, Sie zu verraten, Hélène. Ich war damals allein zu den Inseln hinaufgefahren, um unsere Ankunft vorzubereiten, doch ich zögerte. Die Insel Loch ist um vieles schöner als Penfret, und man wäre dort fern jeglicher Vereinnahmung: In den Häfen des Südens hatte ich eure zerlumpten, eroberungslustigen Mannschaften zur Genüge kennengelernt, und das über Jahre; sie gingen mir auf die Nerven. Wir hier verstanden uns auf die Seefahrt, sie nicht. Gut, sie waren dort auf Schulung, doch glaubten sie stets allzu rasch, über alles Bescheid zu wissen.

Georges und Marie-Claude schienen an meiner Absicht, ihre Nachfolge anzutreten, nichts Unüberlegtes zu finden, doch ich wusste bereits, dass dies nicht möglich war: keinerlei Einkommen, nur das Nutzungsrecht an diesem Wärterhaus und im Gegenzug die Verpflichtung, den Teich zu überwachen und die Entenjäger davon fernzuhalten; man hätte ein Boot gebraucht, sich am Festland versorgen oder sich mit einem Fischer absprechen müssen. Hat man überhaupt das Recht, mit zwei Kleinkindern auf einer Insel ohne Telefon zu leben? Außerdem fühlte ich mich nicht wirklich in der Lage, ihr Gewerbe fortzuführen, mich ekelt auch ein wenig vor dem Tang.

Trotz ihres herzlichen Empfangs hatte ich das Gefühl, dass es besser wäre, nicht zu lange zu bleiben. Sie wahrten eine Art freundliche Distanz, hatten es auch nicht eilig, zur Arbeit zurückzukehren, doch letztlich war alles gesagt, Klartext gesprochen worden, wozu also noch weiterreden?

Der Garten ist ein Hort des Friedens, die Seemöwen können auf Bäumen nicht hocken. Er wird nicht mehr gepflegt, doch man erkennt noch die Form der Beete, den kunstvollen Verlauf der

Alleen und in einem Winkel den eleganten Zierbrunnen aus behauenem Stein, der von üppigen, fremdartigen, zweifellos exotischen Pflanzen umrankt ist. Wie konnte ich ihn nur vergessen? Ich muss ihn zwangsläufig durchquert haben, zumal mir Georges das Haus des Eigentümers gezeigt hat, ich erinnere mich an ein Schlafzimmer, das mit schönen Fotos von nackten, in der Brandung liegenden Frauen ausgeschmückt war. Das Haus ist sorgfältig abgeschlossen, durch große grüne, gut instand gehaltene Läden geschützt. Unter den Zypressen ist es dunkel. Dieser Platz ist etwas abweisend.

Ganz dicht am Gehöft beginnt im Osten das Schilf. Am Teichgrund steht ein Palast, einst zählte er zu den kostbarsten der Welt. Heute ist er verlassen. Dort lebte in aller Abgeschiedenheit eine feenhafte, wunderschöne Prinzessin, und die tobende See, diese Strandräuberin, ließ ihr über einen Geheimgang die Schätze versunkener Schiffe zukommen. Wie ist das ruchbar geworden? Habsüchtige, mit allerlei Zaubergerät ausgerüstete Leute aus dem Pays de Léon sind eingefallen – sie hatten, glaube ich, einen Stab, ein Messer, eine kleine Glocke bei sich und haben alles an sich gerafft. Was aus der Prinzessin geworden ist, weiß niemand.

Eines Morgens, nach einem Sturm, hatte ich in den Felsen westlich des Semaphors das Wrack ihres blauen Bootes entdeckt. Es musste sich in der Nacht von seiner Kette losgerissen haben, die beiden waren sicher nicht an Bord, jedenfalls sind sie gewiss exzellente Schwimmer. Du sagtest: „Wir sollten Alarm schlagen“, und ich: „Das sind keine Leute, denen man einen Helikopter nachschickt.“ Wir hatten das riesige kakifarbene Fernrohr herausgeholt, das von einem Panzer aus dem letzten Krieg stammte, und stundenlang die Insel Loch inspiziert: keine Bewegung, nur die Ponyherde, die träge über den Dünenhelm streifte.

Im darauf folgenden Winter kehrte ich eines düsteren Nachmittags nach Loch zurück und reparierte ein Hofdach. Das war an einem dritten November. Plötzlich vernahm ich, weit im Westen, ein Rufen. Zuerst hatte ich so meine Zweifel, umgaben uns doch so viele seltsame Geräusche. Dann aber sah ich, wie sich rechts von Guiautec, in Verlängerung des Jambi-Kliffs, auf einem der kleinen, nur knapp aus dem Wasser ragenden Felsen etwas bewegte. Das war kein Kormoran, das war ein Mensch, der eine Jacke schwang. Das Meer stieg. Ich rannte zu den Aufsehern, Toussaint hatte natürlich schon alles gesehen und zwängte eben umständlich sein Seemannshemd über den riesigen Bauch, Jézéquel suchte nach seiner Zahnpro-